POKéMON ®

Aventures dans l'archipel Orange

Le rap Poké

Je sais que je peux être le meilleur sur Terre
Tous les autres dresseurs peuvent faire leur prière
Je les attraperai, oui, oui, je le ferai!
Pokémon, je suivrai le chemin
Tout votre pouvoir
Est entre mes mains
Grâce à tous mes efforts
Il me faut tous, tous, tous, les attraper
Il me faut tous, tous, tous, les attraper
J'en aurai plus de 150 à reconnaître
Et de tous ces Pokémon je deviendrai le maître
Je veux vraiment tous les attraper
Attraper tous les Pokémon
Je veux vraiment tous les attraper
Attraper tous les Pokémon
Je veux vraiment tous les attraper
Attraper tous les Pokémon

Peux-tu nommer les 150 Pokémon?

Voici la suite du rap Poké.

Sandslash, Hitmonlee, Psyduck, Arcanine,
Eevee, Exeggutor, Kabutops, Zapdos,
Dratini, Growlithe, Mr. Mime, Cubone,
Graveler, Voltorb, Gloom.

Charmeleon, Wartortle,
Mewtwo, Tentacruel, Aerodactyl,
Omanyte, Slowpoke,
Pidgeot, Arbok,
Et c'est tout!

Paroles et musique de la chanson originale :
Tamara Loeffler et John Siegler
© Tous droits réservés, 1999 Pikachu Music (BMI)
Droits internationaux de Pikachu Music administrés par Cherry River Music Co. (BMI)
Tous droits réservés   Utilisés avec permission

Il y a d'autres romans
jeunesse sur les Pokémon.

Collectionne-les tous!

Aventures dans l'archipel Orange

Adaptation : Tracey West
Adaptation française : Le Groupe Syntagme inc.

Les éditions Scholastic

Pour toute information concernant les droits, s'adresser à Scholastic Inc., 557 Broadway, New York, NY 10012.

Copyright © 1995-2001 Nintendo, CREATURES, GAME FREAK.
TM et ® sont des marques de commerce de Nintendo.
TM & ® are trademarks of Nintendo.
Copyright © 2001 Nintendo.
Copyright © Éditions Scholastic, 2001, pour le texte français.
Tous droits réservés.

ISBN-13 978-0-439-98641-0
ISBN-10 0-439-98641-9

Titre original : Pokémon — Journey to the Orange Islands.

Édition publiée par les Éditions Scholastic, 604, rue King Ouest, Toronto (Ontario) M5V 1E1 CANADA.

6 5 4 3 2   Imprimé au Canada   09 10 11 12 13

1

Une nouvelle aventure

« Ash, j'ai besoin que tu me rendes un très grand service », déclare le professeur Oak.

Ash Ketchum rayonne. Il est là, de retour dans le village de Pallet, au laboratoire du professeur Oak, un des plus grands experts en Pokémon du monde. Il est entouré de ses meilleurs amis, Misty et Brock. Pikachu, son Pokémon préféré, est assis sur son épaule. Et maintenant, le professeur Oak veut lui confier une importante mission. Il a de quoi être fier.

« Naturellement, j'ai demandé à mon petit-fils Gary d'y aller, continue le professeur Oak, mais il était trop occupé à d'autres aventures. »

Ash grince des dents. Il aurait dû deviner que le professeur avait d'abord pensé à son petit-fils. Gary a commencé à entraîner des Pokémon en même temps que Ash, et il reste son plus grand rival.

« En quoi consiste cette mission? » demande Misty. Pendant que Misty parle, Togepi, son bébé Pokémon, joue avec une mèche de ses cheveux orange.

« Vous devez vous rendre à l'île de Valencia, dans l'archipel Orange, répond le professeur Oak.

— L'archi-quoi? » s'exclame Ash, sans comprendre.

Mais Misty et Brock semblent bien excités.

« Valencia! C'est un endroit superbe! déclare Misty.

— Ouais, ajoute Brock, et les plages sont pleines de belles filles.

— Mon ami, le professeur Ivy, travaille à cet endroit, poursuit le professeur. Elle a récemment mis la main sur une mystérieuse Poké Ball. J'aimerais que vous me la rapportiez pour que je puisse l'étudier.

— Mais, professeur, vous ne pouvez pas lui demander de la téléporter jusqu'ici comme toute autre Poké Ball? » demande Misty. Les entraîneurs du village de Pallet envoient souvent

des Poké Balls contenant un Pokémon au laboratoire du professeur Oak. Comme les entraîneurs ne peuvent avoir sur eux que six Pokémon à la fois, le professeur Oak les aide à dresser les Pokémon supplémentaires qu'ils capturent.

« Nous avons essayé de la téléporter, mais cela ne fonctionne pas, explique le professeur Oak. C'est une des raisons pour lesquelles cette balle est si mystérieuse. »

Ash aime bien les mystères. « Bien sûr que je vais y aller, dit-il.

— Moi aussi! » s'exclament Misty et Brock à l'unisson.

Le professeur Oak sourit. « Fantastique! répond-il, je savais que je pouvais compter sur vous. »

Le lendemain matin, Ash et ses amis entreprennent leur voyage. Brock transporte un sac à dos rempli de nourriture spéciale pour Pokémon. Il est grand et musclé. Brock a l'air d'un dur, mais il sait prendre soin des Pokémon. Misty transporte Togepi. Le minuscule Pokémon porte encore une partie de la coquille colorée de laquelle il est sorti. Pikachu trottine aux côtés de Ash. Sa queue en forme d'éclair danse à l'arrière de son petit corps jaune. Ils traversent la forêt en silence, et Ash est perdu dans ses pensées.

Ash avait dix ans lorsqu'il s'est rendu au laboratoire du professeur Oak pour entreprendre ses aventures et devenir entraîneur de Pokémon. Bien des choses se sont passées depuis ce temps. Il s'est battu contre des chefs de gym dans huit villes différentes et a réussi à obtenir un écusson de chacun d'eux. Il a même participé au tournoi de la ligue des Pokémon, où il a terminé parmi les seize premiers. Pas si mal.

Mais il a surtout appris à devenir un bon entraîneur de Pokémon. Il a capturé et dressé de nombreux types de Pokémon. Certains d'entre eux ont même évolué à un niveau supérieur. Charmander est devenu Charmeleon, puis Charizard. Pidgey, son Pokémon volant, a récemment évolué en Pidgeot.

Ash sait qu'il a fait bien des erreurs, mais il a acquis chaque jour de nouvelles connaissances. Maintenant, le professeur Oak lui confie une importante mission. Il a très hâte d'être dans le feu de l'action.

Ash et ses amis marchent pendant de longues heures. Bientôt, la forêt devient moins dense. Puis soudain, Ash aperçoit au loin la mer bleue cristalline briller sous le soleil.

« Super! s'écrie Ash. Dans peu de temps, nous serons sur l'île de Valencia. »

Brock consulte son guide. Il fronce les sourcils.

« J'ai des petites nouvelles pour toi, Ash, dit Brock. Selon ce guide, nous devrons ramer pendant des semaines avant d'arriver à l'île! »

2

Trop beau pour être vrai?

« Des semaines! » s'exclame Ash.

Brock continue à consulter le livre. « Si nous y allons en dirigeable, il nous faudra moins d'une journée, dit-il. Mais le dirigeable coûte très cher. »

Ash fouille dans ses poches. Il a bien un peu d'argent, mais pas assez pour se payer un voyage en dirigeable.

« J'aurais aimé qu'on ait assez d'argent pour y aller en dirigeable, déclare-t-il. Qu'en penses-tu, Pikachu?

— *Pika!* » approuve le Pokémon électrique jaune.

Ash soupire. Il regarde tout autour de lui. Il aperçoit un petit magasin plus loin sur la route.

« Je ferais bien d'aller acheter de la nourriture et des articles pour notre voyage », dit Ash.

Pikachu, Misty et Brock entrent dans le magasin derrière lui. Ash achète suffisamment de nourriture pour remplir son sac à dos, puis il sort du magasin. Devant l'édifice, il y a deux hommes qui se tiennent derrière une table. Il ne les avait pas remarqués en entrant. Une bannière surplombe la table. On y lit : SEREZ-VOUS LE PROCHAIN GAGNANT?

Un des hommes interpelle Ash : « Apportez-moi votre reçu de caisse et tentez votre chance!

— Oui, vous pourriez gagner un grand prix, ajoute l'autre homme. Un voyage en dirigeable jusqu'à la superbe île de Valencia!

— Avez-vous dit en *dirigeable*? demande Brock. Ça semble trop beau pour être vrai.

— Et puis après? dit Ash. Ça vaut la peine d'essayer. »

Ash remet son reçu aux deux hommes. Un des hommes fait tourner une cage ronde contenant des balles jaunes. Lorsque la cage s'arrête, une seule balle tombe dans la main de l'homme.

Il regarde la balle, puis le reçu de Ash.

« Félicitations! dit-il. Vous venez tout juste de gagner le grand prix : un voyage aller-retour en dirigeable à l'île de Valencia! »

Misty et Brock sont abasourdis.

« C'est vraiment trop bizarre, dit Misty.

— Ouais, approuve Brock. Il me semble avoir déjà vu ces deux bonshommes quelque part. »

Ash s'en fiche. « Nous sommes chanceux, tout simplement! les rassure-t-il. Allons-y vite! »

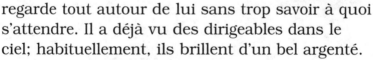

Le champ d'où décollent les dirigeables se trouve tout près. Ash regarde tout autour de lui sans trop savoir à quoi s'attendre. Il a déjà vu des dirigeables dans le ciel; habituellement, ils brillent d'un bel argenté.

Mais aucun magnifique dirigeable argenté ne les attend. Il n'y a qu'un vieux dirigeable d'un gris sale posé au bout du champ. On dirait qu'il va tomber en morceaux.

Ash aperçoit deux hommes en combinaison de travail. Il s'approche d'eux.

« Est-ce que c'est ce dirigeable qui va à l'île de Valencia? » demande-t-il.

Un des travailleurs, un petit homme à moustache, le regarde d'un air étonné. « Vous êtes ici pour une promenade en dirigeable? demande-t-il.

— Oui, Monsieur, dit Ash. Nous avons gagné des billets. »

L'autre travailleur n'en revient pas. « Combien vous êtes payés pour le faire?

— Payés? demande Ash. Que voulez-vous dire? »

Le moustachu regarde autour de lui d'un air inquiet. « Tout le monde sait que ce dirigeable est hanté, chuchote-t-il. Même si on me payait un million, je ne monterais pas dans ce machin! »

Ash s'apprête à répondre lorsqu'une voix provenant d'un haut-parleur emplit l'air.

« Attention, attention, tous les voyageurs à destination de l'île de Valencia sont priés de monter à bord de leur dirigeable immédiatement. »

Ash lève les yeux. Un homme vêtu d'un uniforme de pilote bleu et une femme portant un uniforme d'agent de bord se tiennent tout en haut d'un escalier qui mène à l'entrée du dirigeable.

Ash monte l'escalier. « C'est quoi cette histoire de fantômes? demande-t-il au pilote.

— Des fantômes? s'exclame le pilote. Il n'y a pas de fantôme dans notre dirigeable. C'est ridicule!

— Mais les deux hommes là-bas nous ont dit que ce dirigeable était hanté », renchérit Misty, qui se tient derrière Ash.

L'agent de bord s'esclaffe. « Ils travaillent probablement pour une entreprise rivale. Et maintenant, tout le monde à bord! » Elle pousse sans ménagement Ash et ses amis à l'intérieur de l'appareil.

Ils suivent un corridor peu éclairé qui mène à une grande pièce. La pièce ressemble à une salle à manger, mais tout est en désordre. La longue

table qui trône au centre est couverte de poussière. Des rideaux rouges tout déchirés pendent aux murs.

Misty sent un frisson la traverser. « Cet endroit semble vraiment hanté », dit-elle.

Ash hoche la tête. « Arrête de t'inquiéter. Nous serons arrivés à l'île de Valencia dans le temps de le dire. J'ai tellement hâte d'y être! »

Dans la pièce d'à côté, le pilote et l'agent de bord ricanent. Ils ont enlevé leurs uniformes bleus pour révéler leur vrai costume blanc marqué d'un gros *R* rouge.

Ce sont Jessie et James, de Team Rocket!

« C'est trop beau pour être vrai, déclare Jessie. D'abord, nous convainquons ces imbéciles de prendre nos billets. Puis nous réussissons à les faire monter à bord de ce vieux dirigeable. C'est l'occasion rêvée de voler le Pikachu de Ash!

— Bien sûr, dit James. Mais qu'est-ce que ces idiots radotaient? Le patron ne nous a jamais dit que le dirigeable était hanté.

— Ash est une vraie poule mouillée; il a peur de son ombre, répond Jessie. Le dirigeable n'est pas hanté. C'est ridicule.

— *Meowth!* Je n'en suis pas si certain! »

Jessie et James se retournent. Meowth, leur Pokémon parlant qui ressemble à un chat, vient d'entrer dans la pièce.

« De quoi parles-tu? demande James.

— Si le vaisseau n'est pas hanté, s'interroge Meowth, qui donc le pilote? »

Pris de panique, Jessie et James regardent par un hublot.

« Oh non! s'écrie Jessie. Nous décollons! »

3

Panique à bord!

« Fantastique! Nous décollons! » s'exclame Ash lorsque le dirigeable gronde et s'élève dans les airs.

L'aéronef se balance d'avant en arrière en se déplaçant dans le ciel.

Misty tient Togepi serré contre elle. « Nous avançons, c'est un fait, mais je n'aime pas *la façon* dont nous avançons. »

Ash se cale dans son fauteuil et se met les bras derrière la tête. « Détends-toi, Misty, dit-il. Tu vas voir, le voyage va être... Wooow!!! »

Le dirigeable fait une embardée. Ash crie lorsqu'il est projeté hors de son siège. Il atterrit sur le plancher avec un bruit sourd. Un peu étourdi, il regarde Misty et Brock étendus sur le plancher près de lui. Pikachu a roulé de l'autre côté de la pièce, hors de sa portée.

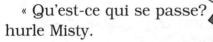

« Qu'est-ce qui se passe? hurle Misty.

— Je ne suis pas certain, répond Ash. On dirait que le dirigeable est incliné. Aaaaah! »

Le dirigeable a un nouveau soubresaut. Cette fois, il est incliné vers l'arrière. Ash est projeté au plancher une nouvelle fois.

Crac! Les amis s'écrasent en tas sur le mur du fond.

Le dirigeable craque.

« Oh non, gémit Ash. Pas encore! »

Le dirigeable se met à bouger. Ash se prépare au pire. L'appareil s'incline une nouvelle fois, puis se redresse.

Ash se frotte la tête et se relève.

« Personne de blessé? demande-t-il.

— Je ne crois pas, répond Misty. Comment vas-tu, Toge... »

Misty en a le souffle coupé.

Ash se tourne vers elle. Elle ne tient plus Togepi dans ses bras : il a été remplacé par un oreiller!

« Togepi a disparu! » s'écrie Misty.

Tandis que Misty panique dans la salle principale, Team Rocket panique dans la salle de pilotage.

« Tu ne pourrais pas mieux piloter ce vieux débris? » s'énerve Jessie.

Meowth consulte furieusement un livret d'instructions.

« *Meowth!* Je fais de mon mieux, réplique le Pokémon.

— Eh bien, jusqu'à maintenant, tout ce que tu as réussi à faire, c'est de m'étourdir, se plaint James.

— Tout va très bien, dit Meowth.

— Vraiment? Regarde dehors! » répond James en pointant vers l'extérieur.

Un gros nuage menaçant se dirige vers l'appareil.

« Il faut faire quelque chose! » s'écrie Jessie.

Meowth pointe de la patte un bouton rouge sur le panneau de commandes. « Si nous appuyons sur le bouton d'urgence, le dirigeable se dégonflera, et nous nous poserons sur l'océan.

— Nous ne pouvons pas rater cette mission, leur rappelle James. Le patron serait vraiment trop déçu. »

Jessie semble soucieuse. « Ça ne fait rien, décide-t-elle. Tant que nous capturons Pikachu, le patron ne nous en voudra pas d'avoir fait couler ce minable dirigeable.

— Tu as raison, Jessie, approuve James. Nous serons des héros.

— Ne nous occupons donc pas de faire voler le dirigeable, et occupons-nous plutôt de voler Pikachu! » déclare Jessie.

Tandis que Team Rocket s'élance pour trouver Pikachu, Ash et ses amis se lancent à la recherche de Togepi.

Leurs recherches les emmènent à l'intérieur de la structure du dirigeable. Ils sont entourés de poutres d'acier et de cages d'escalier. Ash trouve que cela ressemble à un gros squelette.

« Qu'est-ce que Togepi pourrait bien faire dans un endroit aussi sinistre? demande Ash.

— C'est le seul endroit où nous n'avons pas encore cherché », réplique Brock.

Misty est inquiète. « Togepi! Où es-tu? »

Ash plisse les yeux pour tenter d'y voir dans la pénombre. Il ne voit Togepi nulle part.

Soudain, quelque chose se faufile entre les poutres de métal.

Quelque chose de petit.

« Hé! Avez-vous vu ce que j'ai vu? » demande Ash.

Misty l'a vu aussi. « C'était peut-être Togepi! »

Ash se lance à la poursuite de la silhouette, suivi de ses amis.

La silhouette réapparaît. Les amis entrevoient quelque chose de blanc.

Ash grimpe à l'une des échelles. Il peut maintenant voir clairement la silhouette qui se tient sur l'une des poutres.

« Il est ici! » s'écrie Ash.

Misty, Brock et Pikachu le rejoignent.

« Togepi? » interroge Misty.

Le tonnerre éclate. Un éclair illumine la pièce. La silhouette n'est pas Togepi. Elle est toute blanche, son corps semble flotter. Elle n'a pas de visage, et ses bras sont étendus devant elle.

« Un fantôme! » s'écrie Ash.

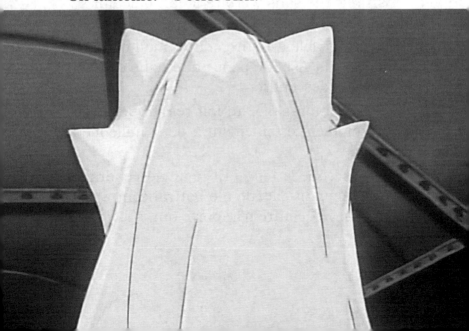

4

Escarmouche dans les nuages

« Je crois que ce dirigeable est *vraiment* hanté », déclare Brock.

Ash regarde sans y croire le fantôme qui s'éloigne en flottant.

« Le dirigeable est sûrement rempli de fantômes, dit Ash. Je pense que nous devrions essayer de descendre.

— C'est impossible, lui fait remarquer Brock. Nous sommes certainement à deux mille mètres d'altitude. »

Misty secoue la tête. « Et je ne descendrai pas sans Togepi, dit-elle. Je me battrai contre des fantômes… et contre n'importe qui, s'il le faut! »

« C'est ce qu'on voulait entendre! » crie une voix.

Ash se retourne d'un bond.

C'est la voix de Jessie, de Team Rocket. James, Meowth et elle descendent une échelle et entrent dans la structure du dirigeable.

« Pas encore vous! » grogne Ash. Team Rocket lui tend toujours des pièges pour tenter de lui voler son Pikachu. Ash n'en revient pas d'être tombé encore une fois dans un des pièges du trio.

Misty est en colère. « Pour l'instant, nous avons d'autres sujets d'inquiétude plus importants, dit-elle. Alors, disparaissez!

— Certainement pas! réplique James.

— Et vous ne nous échapperez pas », ajoute Jessie.

Meowth fixe Ash d'un air menaçant. « Personne ne quitte le dirigeable avant que nous ayons obtenu ce que nous voulons! menace-t-il. Donnez-nous tout de suite ce Pikachu! »

Jessie décroche une Poké Ball rouge et blanc de sa ceinture.

« Arbok, vas-y! » ordonne-t-elle en lançant la balle dans les airs.

James lance une Poké Ball, lui aussi.

« Weezing, au travail! » s'écrie-t-il.

Un éclair de lumière vive remplit le dirigeable, et deux Pokémon apparaissent. Arbok, le Pokémon de Jessie, ressemble à un gros serpent mauve. Weezing, un Pokémon poison, ressemble à un nuage de gaz foncé avec deux têtes.

« Arbok, morsure! » ordonne Jessie.

Ash réagit rapidement.

« Pikachu, coup de tonnerre, maintenant! » ordonne-t-il à son tour.

Pikachu n'hésite pas une seconde. Le Pokémon jaune accumule une charge électrique dans son corps, puis la libère dans les airs.

La décharge traverse Arbok. Mais des étincelles frappent également la structure métallique du vaisseau. Tous ceux qui touchaient à la structure reçoivent un choc, eux aussi.

« Ash, tu ne peux pas utiliser des attaques électriques dans un dirigeable! le prévient Misty.

— Tu as raison, admet Ash.

— Pas de problème, renchérit Brock. Geodude, vas-y! »

Brock lance une Poké Ball, et un Pokémon semblable à un petit rocher doté de deux courts bras musclés apparaît.

Weezing vole dans les airs et fonce tout droit sur Geodude. Le Pokémon de Brock saute et attrape Weezing comme un ballon de basketball. Il lance le Pokémon poison de toutes ses forces.

Weezing s'écrase sur la paroi de toile du dirigeable et y perce un gros trou. Par l'ouverture, Ash voit la tempête qui fait rage à l'extérieur.

C'en est trop. Un fantôme. Une attaque de Team Rocket. Et maintenant une tempête! Il ne sait plus ce qui doit l'inquiéter le plus.

« Togepi! » hurle Misty.

Ash regarde dans sa direction. Il avait complètement oublié Togepi. Le minuscule Pokémon trottine sur une des hautes poutres d'acier de la structure du dirigeable.

« Allons-y! » lui dit Misty. Elle grimpe à l'une des échelles pour aller attraper Togepi.

Sans hésiter, Ash suit Misty jusqu'en haut de l'échelle. Pikachu et Brock sont juste derrière lui.

Togepi continue à marcher sur une poutre d'acier près du trou que Weezing a fait dans la toile. Rien ne le protège de la tempête qui se déchaîne à l'extérieur.

Misty grimpe l'échelle, bien déterminée à sauver Togepi.

« Misty, tu ne peux pas te rendre là! l'avertit Ash.

— Je sais, réplique Misty. Mais Bulbasaur peut m'aider à garder mon équilibre.

— C'est vrai », répond Ash. Il fait sortir Bulbasaur de sa Poké Ball. « Bulbasaur, je te choisis! »

Aussitôt apparaît un Pokémon des champs qui ressemble à un petit dinosaure avec un bulbe sur le dos.

« Bulbasaur, utilise tes lianes pour retenir Misty », lui ordonne Ash.

« *Bulbasaur!* » répond le Pokémon. Le gros bulbe de son dos s'ouvre, et deux longues lianes en sortent. Les lianes se déploient et s'enroulent autour de Misty.

Avec Bulbasaur pour l'aider à garder son équilibre, Misty marche avec précaution sur la poutre d'acier. Elle fait un petit pas, puis un autre. La pluie et le vent lui fouettent le visage.

Ash retient son souffle. Elle n'est plus qu'à quelques mètres de Togepi.

« Viens, Togepi », tente de le raisonner Misty.

Soudain, quelque chose de petit et de blanc saute entre Misty et Togepi.

C'est le fantôme!

Avant que Misty puisse réagir, une forte rafale pénètre dans le vaisseau. Quelque chose de blanc se décolle du fantôme. Ash trouve que cela ressemble à un drap.

Et sous le drap il y a... Jigglypuff!

En voyant Jigglypuff, Ash ne sait pas s'il doit être soulagé ou non. Le Pokémon rose tout rond n'est pas aussi terrifiant qu'un fantôme, mais pour causer des ennuis, il n'a pas son pareil. Jigglypuff adore chanter, mais sa chanson plonge tous ceux qui l'entendent dans un profond sommeil.

Jigglypuff est heureux d'avoir trouvé un public. Il sautille sur place. Puis il prend une profonde inspiration, comme il le fait toujours lorsqu'il s'apprête à chanter.

« Jigglypuff, non! » s'écrie Misty.

Ash se couvre les oreilles. Qu'est-ce qui pourrait bien arriver maintenant?

Un grognement sourd répond à sa question. Le dirigeable est encore une fois hors de contrôle. Le gros appareil s'incline dangereusement vers l'avant. Ash et Brock attrapent tous les deux une échelle. Pikachu s'accroche au dos de Ash. Sur la poutre, tout en haut, Misty se penche vers l'avant et attrape rapidement Togepi. Grâce aux solides lianes de Bulbasaur, elle reste sur la poutre.

Les membres de Team Rocket ne sont pas si chanceux. Ils perdent l'équilibre. Jessie, James et Meowth sont projetés dans l'ouverture du dirigeable. D'un geste désespéré, Jessie s'agrippe à la toile déchirée. Elle réussit à en arracher une grande bande qui sert de parachute à Team Rocket.

Jigglypuff perd l'équilibre lui aussi. Le Pokémon tombe de la poutre, est aspiré par le trou et atterrit tout doucement sur le parachute de fortune de Team Rocket. Cela ne l'empêche pas de continuer de chanter.

Le dirigeable traverse le nuage de tempête. À travers le trou de la toile, on voit apparaître un beau ciel bleu cristallin.

« On dirait bien que nos problèmes sont terminés, déclare Ash, soulagé. Team Rocket a disparu, et le fantôme n'était en fait que Jigglypuff. Plus rien ne peut nous inquiéter.

— Ça, ce n'est pas certain! s'exclame Brock. Te rends-tu compte qu'il n'y a personne aux commandes de l'appareil?

— Sapristi, tu as raison! » répond Ash, en descendant maladroitement de l'échelle.

Pikachu, Brock et Misty suivent Ash vers l'avant du dirigeable. Enfin, Ash aperçoit une porte où on peut lire POSTE DE PILOTAGE. Il y entre.

Au centre de la pièce trône un panneau de commandes rempli de toutes sortes de boutons et de leviers. Une grande fenêtre permet de voir l'avant du dirigeable qui fend l'air rapidement. Par la vitre, Ash aperçoit une plage sablonneuse parsemée de palmiers.

« Ce doit être l'île de Valencia, déclare Ash. Mais comment ferons-nous pour redescendre?

— Je ne crois pas que nous ayons à nous inquiéter de cela, répond Brock. Accrochez-vous bien! »

Ash s'accroche au panneau de commandes tandis que le dirigeable pique du nez.

Par la fenêtre, Ash voit l'île se rapprocher de plus en plus à chaque seconde.

« Oh non! hurle-t-il. Nous allons nous écraser! »

5

La balle GS

Ash ferme les yeux et se prépare à l'impact.

Le dirigeable est violemment secoué.

Boum! Le vaisseau touche la plage de sable. Ash agrippe fermement les commandes. Il essaie de tenir bon tandis que le dirigeable glisse rapidement sur le sable.

Puis, soudain, l'appareil heurte quelque chose et s'immobilise. Ash ouvre doucement les yeux et risque un coup d'œil par la fenêtre. Ils se sont écrasés contre des palmiers.

« Tout le monde va bien? demande Ash.

— Je suis tout d'un morceau, dit Brock en se levant.

— Moi, ça va, dit Misty. Et Togepi aussi.

— *Pika!* ajoute Pikachu. »

Chacun vérifie ses Poké Balls pour voir si elles n'ont pas subi de dommage.

« Excellent! s'exclame Ash. Il faut maintenant sortir de ce tas de ferraille. »

Les amis sortent des débris de l'appareil et sautent sur la plage. Ash aperçoit un long sentier bordé d'arbres qui suit la côte.

« Allons-y, dit Ash en mettant son sac à dos.

— Où allons-nous, exactement? » demande Misty.

Ash s'arrête. « Euh, vous ne savez pas où se trouve le laboratoire du professeur Ivy? » demande-t-il.

Misty et Brock font signe que non.

Ash soupire. « J'imagine qu'il ne nous reste plus qu'à marcher jusqu'à ce que nous trouvions quelque chose. »

Misty, Brock et Pikachu suivent Ash sur le sentier. Ils cheminent un moment et ne voient rien d'autre que des palmiers et le bleu de l'océan.

Ash commence à être un peu découragé, mais tout à coup Pikachu s'anime.

« *Pika!* » s'écrie le Pokémon, tout excité, en pointant quelque chose.

Ash regarde. Au travers des arbres, il aperçoit une petite maison faite de bambou. Une Poké Ball en bois sculpté est accrochée au-dessus de la porte.

« On dirait un centre des Pokémon », dit Ash.

Les amis quittent le sentier et se dirigent vers

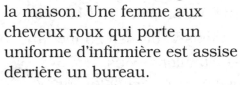

la maison. Une femme aux cheveux roux qui porte un uniforme d'infirmière est assise derrière un bureau.

« Bienvenue au centre des Pokémon, dit-elle. Je m'appelle Garde Joy.

— Certaines choses ne changent jamais », observe Ash. Jusqu'à maintenant, il a rencontré une Garde Joy dans chaque centre des Pokémon qu'il a visité. Elles se ressemblent toutes.

« Pouvez-vous nous indiquer le chemin pour nous rendre au laboratoire du professeur Ivy? demande Ash.

— C'est très facile, répond l'infirmière. Vous n'avez qu'à

sortir du centre des Pokémon. Ensuite, vous tournez à gauche, et c'est le gros édifice blanc qui se trouve au bout de la route.

— Merci! » dit Ash.

Ils suivent les indications de Garde Joy et, en peu de temps, ils se retrouvent devant le laboratoire du professeur Ivy. La porte d'entrée est grande ouverte.

« Il y a quelqu'un? » interroge Ash. Il entre avec précaution.

« On dirait qu'il n'y a personne, fait remarquer Brock, en suivant Ash dans la pièce. Nous ferions mieux de... aïe! »

Une trappe en bois vient de s'ouvrir et de le heurter à la tête.

Trois adolescentes sortent la tête de la trappe.

Les jeunes filles se ressemblent beaucoup. Elles ont toutes les cheveux frisés, coiffés en queue de cheval, et portent toutes des lunettes. Chacune porte une chemise hawaïenne d'une couleur différente, mais aux teintes vives.

Les filles sortent de la trappe.

« Je m'appelle Charity, dit celle qui porte une chemise orange.

— Moi, je m'appelle Faith, dit celle qui porte une chemise rose.

— Et moi, c'est Hope, dit celle qui porte une chemise verte. Qui êtes-vous?

— Nous sommes ici pour rencontrer le professeur Ivy », répond Brock, qui sourit aux filles tout en frottant la bosse qui lui a poussé sur la tête.

« C'est le professeur Oak, du village de Pallet, qui nous envoie, ajoute Ash.

— Le professeur Ivy n'est pas ici. Elle est dans la baie, dit Charity.

— Suivez-nous! » disent les filles à l'unisson.

Les trois filles traversent l'édifice, suivies de Ash, Misty, Brock et Pikachu. Le groupe arrive à une porte qui donne sur l'arrière et qui s'ouvre sur un sentier sablonneux menant à l'océan.

Les vagues déferlent sur la plage déserte.

« Où est le professeur Ivy? » demande Ash. Un rugissement assourdissant répond à sa question.

Un Pokémon bleu géant qui ressemble à un serpent de mer émerge de l'océan.

« Un Gyarados! » s'exclame Ash, stupéfait.

Puis Ash remarque quelque chose d'inhabituel chez ce Gyarados. Il promène une femme sur son dos. De courts cheveux bruns encadrent le joli visage de la jeune femme.

Le Gyarados nage avec grâce jusqu'à la rive. La femme descend de son dos et lui caresse le cou. « Très bien, Gyarados », dit-elle.

Ash n'en revient pas. Tous les Gyarados qu'il a vus étaient féroces et sauvages. Jamais il n'aurait pensé que quelqu'un puisse en apprivoiser un de cette façon.

« Professeur Ivy, dit Charity. Il y a ici trois amis du professeur Oak. »

Le professeur Ivy enfile un sarrau blanc et sourit.

« Je suis heureuse de vous rencontrer », dit-elle en leur tendant la main.

Brock rougit.

« Le professeur Oak nous envoie chercher la nouvelle Poké Ball que vous avez trouvée, explique Ash.

— Bien sûr, répond le professeur Ivy. Je vais vous la montrer. »

Ash et les autres suivent le professeur jusque dans un laboratoire à l'intérieur de l'édifice. Une Poké Ball est posée sur une table de métal. Elle ne ressemble pas aux Poké Balls rouge et blanc habituelles. Elle est à moitié or et à moitié argent. Une inscription y est gravée. Ash plisse les yeux pour la lire.

« En regardant bien, on peut voir les lettres G et S, dit le professeur Ivy. C'est pourquoi nous avons décidé de l'appeler la balle GS.

— Il paraît qu'elle ne peut pas être téléportée, dit Brock.

— C'est vrai, répond le professeur Ivy. Voulez-vous une démonstration?

— Bien sûr », dit Ash en déposant la balle sur le dessus d'un téléporteur de Poké Ball du laboratoire. Normalement, à l'aide d'une simple pression d'un bouton, la balle devrait disparaître et être téléportée vers un autre laboratoire. C'est de cette façon que les entraîneurs de Pokémon envoient les Pokémon qu'ils capturent à l'entreposage. Aucun entraîneur ne peut transporter plus de six Pokémon à la fois.

Ash dépose la balle GS sur la plaque du téléporteur. Puis il appuie sur le bouton. Des rayons de lumière frappent la balle, mais se mettent à faire des étincelles à son contact. La balle GS ne disparaît pas.

« Nous avons essayé de l'ouvrir, raconte le professeur Ivy. Nous avons essayé des scies circulaires, des marteaux, des pinces, des scies à métaux, des perceuses mécaniques et des lasers.

— Rien ne marche! s'exclament les trois filles en chœur.

— Wow! dit Ash en fixant du regard la balle or et argent. Quel objet mystérieux! »

Le professeur Ivy remet la balle à Ash.

« Tu as bien raison, Ash, dit-elle. Et maintenant je vous la confie : remettez-la sans faute au professeur Oak! »

6

Vileplume

« Vous pouvez compter sur moi, dit Ash. Nous repartons tout de suite.

— Tout de suite? » demande Brock, une pointe de déception dans la voix.

« Ne soyez pas ridicules, intervient le professeur Ivy. Il va bientôt faire noir. Restez pour la nuit, et je vais vous montrer une partie du travail que nous faisons ici.

— Ce serait super! s'empresse de répondre Brock.

— Alors, c'est décidé, tranche le professeur Ivy. Je vais vous montrer les installations pendant que Faith, Hope et Charity préparent la nourriture des Pokémon. » Le professeur Ivy amène Ash et les autres à l'extérieur, à un endroit près de la plage. À côté des palmiers poussent beaucoup de plantes vertes feuillues et de fleurs aux couleurs vives. Ash trouve que la plupart des plantes ont l'air bizarres.

« Est-ce que tout cela fait partie de votre laboratoire? demande Brock au professeur.

— Oui, répond-elle. Nous avons besoin de cet espace pour tous les Pokémon. Nous en élevons et nous en étudions tellement. »

Ash remarque que Brock semble impressionné. Le rêve de son ami est d'apprendre à devenir un éleveur de Pokémon hors du commun, Ash le sait. Cet endroit doit être un véritable paradis pour lui.

À quelques mètres de là, Misty hume d'énormes fleurs.

« Regardez ces fleurs! » s'exclame-t-elle, d'un ton admiratif.

Misty se penche pour regarder les fleurs de plus près, puis fait un bond en arrière.

La plante s'est mise à marcher! Ahuri, Ash se rend compte qu'il ne s'agit pas du tout d'une plante, mais bien d'un Pokémon. Son corps est rond et bleu, et il marche sur deux pattes. Au sommet de son corps se trouve une fleur à cinq pétales orangés et ronds qui portent d'étranges marques rouges.

« Un Vileplume! » s'exclame Brock.

Ash sort Dexter, son Pokédex. Ce minuscule ordinateur renferme des renseignements sur tous les genres de Pokémon. C'est également la pièce d'identité des entraîneurs. La photo d'un Vileplume apparaît à l'écran. Mais le Vileplume de son Pokédex a des pétales rouges avec des points roses, et non des pétales orange avec des marques rouges.

« C'est bizarre, dit Ash. Ce Vileplume est différent de celui que me présente mon Pokédex. »

« Petits, petits, petits! » appellent Faith, Hope et Charity d'une même voix en poussant un chariot rempli de bols de nourriture pour les Pokémon. À leur arrivée, plusieurs Pokémon commencent à sortir d'entre les arbres.

Ash les reconnaît. Il voit un Paras, un Pokémon qui ressemble à un petit crabe. Il y a aussi deux Nidoran, un mâle et une femelle, des Pokémon à l'air robuste avec des cornes sur la tête. Il y a un Weepinbell, un Pokémon qui ressemble à une plante. Il voit aussi un Raticate, un Pokémon qui ressemble à un rat dont les dents sont très acérées. Mais même s'il les reconnaît, chaque Pokémon a quelque chose d'étrange.

Plutôt que d'être couvert de points jaunes, le Paras a des triangles orange. Le Nidoran femelle est d'un bleu plus profond que d'habitude, et le Nidoran mâle a l'intérieur des oreilles bleu plutôt que vert. Le Weepinbell est orange et non pas jaune. Le Raticate, de son côté, a une fourrure plutôt rousse alors qu'elle est habituellement brune.

« Hé, Professeur, pourquoi ces Pokémon sont-ils tous un peu différents de ceux que l'on connaît? demande Ash.

— C'est à cause du climat tropical de l'île, explique le professeur Ivy. L'environnement crée des différences chez les Pokémon que nous avons élevés ici.

— Vous voulez dire que c'est vous-même qui avez élevé tous ces Pokémon? demande Brock.

— Eh oui, répond le professeur Ivy. Je me consacre à eux, et je suis très heureuse. »

Ash entend du bruit dans un des arbres. Un Butterfree, un Pokémon volant qui ressemble à un gros papillon, descend d'une branche et se pose sur le chariot à nourriture. Il renifle la nourriture, puis reprend son vol en grommelant. Ash trouve qu'il a l'air faible.

« Ce petit Butterfree n'a rien mangé depuis des jours, s'exclame le professeur Ivy.

— Et pourtant, nous avons essayé cinq combinaisons différentes d'éléments nutritifs! » ajoute Charity.

Brock s'approche du bol. Il sent la nourriture, puis en prend une poignée et y goûte. Il semble réfléchir.

« Je sais! » s'écrie-t-il enfin.

Il fouille dans son sac à dos et en sort des contenants de nourriture. Il se met à mélanger des ingrédients dans un bol. Il saupoudre ensuite le mélange obtenu sur la nourriture du Pokémon. Le Butterfree réapparaît immédiatement. Il vole jusqu'au bol et commence à manger son contenu avec appétit.

« C'est fantastique! » s'exclame le professeur Ivy.

Brock rougit. « J'ai remarqué que les Butterfree aiment les aliments sucrés; il suffit donc d'ajouter des petits fruits écrasés à leur nourriture pour qu'ils mangent tout chaque fois.

— Tu connais bien des choses sur la façon de nourrir les Pokémon, constate le professeur Ivy. Je suis sûre que tu pourrais m'en montrer. »

Brock rougit encore plus.

« Vas-tu nous enseigner ce qu'il faut savoir sur les aliments préférés de chaque Pokémon? demande Charity.

— Je t'en prie, Brock! supplie Faith.

— Pas maintenant, intervient Hope. Nous devons décider à qui revient la corvée de préparer le repas de ce soir. »

Le visage de Brock s'illumine. « Préparer le repas? Mais j'adore cuisiner!

— Dans ce cas, venez avec nous! » disent les trois assistantes du professeur.

Ash et les autres suivent Faith, Hope et Charity dans l'édifice jusqu'aux appartements habités.

Ash n'en croit pas ses yeux. Dans la cuisine, des tas et des tas de vaisselle sale s'empilent. Le plancher et les meubles du salon sont couverts de vêtements et d'emballages de nourriture.

Le professeur Ivy hausse les épaules. « Nous sommes si absorbées par notre travail avec les Pokémon que nous n'avons pas le temps de faire le ménage, explique-t-elle. C'est notre petit dépotoir privé.

— Les dépotoirs sont quand même plus propres que ça! » fait remarquer Ash.

Mais Brock semble enthousiaste. Il remonte ses manches et commence à nettoyer les pièces à une vitesse stupéfiante. Le professeur Ivy et ses assistantes semblent en étant de choc.

« Brock adore faire ce genre de travail, explique Ash. Il a passé les dernières années au gymnase de la ville de Pewter, où il prenait soin de ses neuf frères et sœurs. »

En très peu de temps, Brock réussit à remettre de l'ordre. Il prépare aussi un excellent repas que tout le groupe mange avec appétit. Plus tard, les amis déroulent leurs sacs de couchage dans le salon.

Le professeur Ivy leur souhaite bonne nuit et ajoute : « Il me reste encore du travail à faire, mais je vais vous voir demain matin. »

« Le professeur Ivy est si gentille, fait remarquer Misty en s'étalant dans son sac de couchage. Et elle est intelligente aussi.

— Ouais, approuve Ash en bâillant. Cet endroit est vraiment génial. Il va me manquer. »

Brock ne dit rien. Il regarde par la fenêtre.

Ash et Misty s'endorment très rapidement. Mais Brock ne trouve pas le sommeil. Il se lève et marche vers le laboratoire extérieur.

Il trouve le professeur Ivy et ses assistantes accroupies derrière un buisson feuillu. Faith tient une caméra vidéo.

« Viens voir, Brock, chuchote le professeur Ivy. Nous étudions les Vileplume. Ce sont des Pokémon nocturnes. Pendant la nuit, ils sortent tous et répandent leur pollen pour empêcher les autres Pokémon d'envahir leur territoire. »

Un groupe de six Vileplume se déplace entre les arbres.

Soudain, Faith s'écrie : « Oh non! Un Raticate s'en vient de ce côté! »

Le Pokémon poilu marche vers le groupe de Vileplume.

« Raticate, non! » hurle le professeur Ivy. Elle bondit de derrière le buisson et protège le Raticate de son corps. Au même moment, les Vileplume, avec la fleur qu'ils ont sur le dos, projettent une poudre jaune et légère. Le pollen recouvre le professeur Ivy. Elle s'écroule sur le sol.

« Sauvez... le... Raticate, dit-elle faiblement.

— Elle a tenté de protéger le Raticate, explique Faith. Le pollen du Vileplume est poison pour les Pokémon. »

Brock soulève le professeur Ivy dans ses bras. « C'est poison pour les humains aussi, fait-il

remarquer. Il faut que nous l'amenions au centre
des Pokémon! »

7

Au revoir, l'ami!

« Est-ce qu'elle va s'en tirer? » demande Ash. Il se frotte les yeux pour tenter de se réveiller. Brock vient tout juste de les tirer de leur sommeil pour leur raconter la rencontre entre le professeur Ivy et les Vileplume. Ils sont tous dans une des salles du centre des Pokémon et attendent des nouvelles.

« Je crois que oui », répond Brock. Mais il semble inquiet.

« Que s'est-il passé exactement cette nuit? demande Misty.

— Les Vileplume projetaient du pollen pour marquer leur territoire, explique Brock. Le professeur Ivy a tenté de protéger un Raticate du pollen, mais elle-même s'en est fait asperger.

— Wow! Ses Pokémon lui tiennent vraiment à cœur », admire Ash.

Les portes qui mènent à la salle de l'hôpital s'ouvrent. Garde Joy en sort. Elle transporte le Raticate dans ses bras. Le professeur Ivy la suit, entourée de Faith, Hope et Charity.

« Professeur Ivy, dit Brock, nous étions tellement inquiets à votre sujet. »

Le professeur sourit. « Je vais bien grâce à Garde Joy, dit-elle. Et le Raticate aussi. »

Les rayons du soleil levant pénètrent par les fenêtres. Ash s'étire et remet son sac sur son dos.

« Je suis heureux que vous n'ayez rien, dit-il. Je raconterai votre mésaventure au professeur Oak lorsque nous lui remettrons la balle GS. Bon, est-ce que tout le monde est prêt? »

Misty prend Togepi dans ses bras. « Mais oui, dit-elle.

— Pika! » ajoute Pikachu.

Brock hésite.

« Euh, Ash, Misty, commence-t-il. Je crois que je vais rester ici.

— Youpi! » s'écrient Faith, Hope et Charity.

Ash n'en revient pas. « Tu veux dire que tu ne rentres pas avec nous? »

Brock secoue la tête. « Ash, tu sais que mon rêve est de devenir un éleveur de Pokémon hors pair. Je vais pouvoir apprendre tellement ici.

— Et tu pourras nous enseigner beaucoup aussi, ajoute le professeur Ivy. Nous serons heureuses de t'accueillir, Brock. »

Tout en parlant, ils sortent du centre des Pokémon. Le Butterfree que Brock a nourri la veille vient se poser sur l'épaule du garçon et roucoule joyeusement.

Brock sourit. « Je crois que je serai plus utile ici qu'avec vous pour l'instant », dit-il.

Ash n'en est pas si certain. Il a fini par se fier beaucoup à l'expérience de Brock.

« Eh bien, alors… dit-il lentement. Je crois que c'est le moment de se dire au revoir. Tu vas nous manquer. »

Brock lui tend la main. « Amis à vie, n'est-ce pas, Ash? »

Ash serre la main de Brock. « Bien sûr! »

« *Pika!* » Pikachu saute dans les bras de Brock et le serre contre lui.

Le groupe se dirige vers le sentier principal.

« Au revoir, Brock! » dit Misty.

Brock leur envoie la main. « Au revoir tout le monde! dit-il. Ne m'oubliez pas!

— Tu sais bien que non! » répliquent Ash et Misty en chœur.

Ash marche à reculons dans le sentier et regarde Brock devenir de plus en plus petit à mesure qu'il s'éloigne. Au bout d'un moment, il ne voit plus du tout son ami.

« Ça va être vraiment bizarre de ne plus avoir Brock avec nous, dit Misty d'un ton triste.

— Je sais, approuve Ash. J'aurais préféré qu'il rentre avec nous.

— Maintenant que tu en parles, je me demandais justement : comment allons-nous rentrer? » demande Misty.

Ash fouille dans ses poches. « C'est bien simple, dit-il, j'ai encore nos billets de dirigeable de retour juste ici!

— Mais Ash, nous ne pouvons pas retourner dans ce dirigeable, proteste Misty.

— Tu as peut-être raison, dit Ash. La nourriture était immangeable, et on ne nous a même pas présenté de film. »

Misty devient écarlate.

« Ash Ketchum, tu es vraiment impossible! J'aurais dû rester au laboratoire avec Brock et... hé! »

Misty bute contre Ash qui s'était arrêté net. Ils lèvent les yeux. Sur la plage, au bout du sentier, se trouve un énorme dirigeable. Il ne ressemble pas au premier. Celui-là est brillant et il semble neuf.

Avant que Ash ait pu dire quoi que ce soit, deux hommes en uniforme bleu marine sautent devant eux. Tous deux portent des moustaches.

« Bonjour, dit l'un des hommes. Bienvenue à bord!

— Montez vite, ajoute l'autre. Nous sommes presque prêts à décoller. »

Misty se méfie de ces hommes. « Cet appareil est-il sécuritaire? demande-t-elle.

— C'est le dirigeable le plus sécuritaire à s'élever dans les airs, dit le premier homme. Maintenant, dépêchez-vous de monter! »

Les deux hommes bousculent Ash, Misty et Pikachu dans les escaliers et les poussent dans une petite pièce. Au centre de la pièce se trouvent quatre fauteuils d'aspect confortable.

Ash s'y assoit et s'enfonce dans les coussins moelleux. « C'est fantastique, Misty, dit-il. C'est beaucoup mieux que le dernier dirigeable. Nous n'avons rien à craindre cette fois. »

Les hommes en uniforme disparaissent. Quelques minutes plus tard, Ash entend les moteurs du dirigeable gronder tandis que l'appareil commence à prendre de l'altitude.

« Cette fois, je vais m'assurer d'obtenir tout ce que les organisateurs du concours nous ont promis, affirme Ash. Il élève la voix. Hé! Où est notre repas? »

Les deux hommes entrent dans la pièce.

« Ah, vous avez faim?! dit le premier homme.

— Préférez-vous les barres de chocolat, renchérit le second, ou les barres de fer? »

À ces mots, une cage renforcée de barres de fer tombe du plafond et emprisonne Ash, Misty et Pikachu.

Au même moment, les hommes arrachent leurs fausses moustaches. Ils retirent leur uniforme bleu pour révéler l'uniforme blanc qu'ils portent en dessous et que nos amis connaissent bien.

Ce sont Jessie et James!

« Team Rocket! » s'écrie Ash. Il se lève et secoue les barreaux de la cage. Mais elle est solide.

« *Meowth!* » ajoute Meowth en entrant dans la pièce.

« Allez-vous un jour nous laisser tranquilles, bande de bouffons? » demande Misty, en colère.

Jessie ricane. « Nous allons vous laisser tranquilles lorsque... Hé, où est l'autre imbécile qui vous accompagne habituellement?

— Tu veux dire Brock? demande Ash. Il est resté là-bas. »

James sourit. « Jessie, je crois que nous avons un couple d'inséparables dans notre petite cage », dit-il pour taquiner Ash et Misty.

Ceux-ci se regardent.

« Tu es complètement malade! hurle Misty. Jamais en cent ans.

— Je crois bien qu'il est malade, en effet! » conclut Ash. Il en a vraiment assez de Team Rocket. « Pikachu, utilise ton éclair de foudre! »

Pikachu approuve de la tête. Des étincelles jaillissent de ses joues rouges.

« Ash, non! proteste Misty. Pas dans la cage.

— Ta petite amie a raison, le prévient Jessie. Les barreaux de métal conduiront l'électricité et augmenteront la charge. Et si une seule étincelle atteint l'énorme réservoir d'essence, nous sommes tous perdus.

— Ce n'est pas ma petite amie, proteste Ash. Et n'allez pas croire que vous avez gagné. Je vais trouver une autre façon de sortir d'ici.

— Trop tard! ricane Meowth, en passant les mains au travers des barreaux. Je vais maintenant me saisir de Pikachu. »

Pikachu se penche pour échapper aux pattes de Meowth. Ash se creuse la tête pour trouver un plan. Il doit bien y avoir un moyen de s'échapper.

« Si Brock était ici, il trouverait une façon de nous sortir du pétrin », dit Misty.

Ash se tourne vers elle. « Tu sais que j'ai réussi à nous sortir de bien des mauvais pas tout seul, réplique-t-il.

— Ah oui? dit Misty. Et quel est ton plan maintenant? »

« Aaaaaaaaaaaah! » hurle Team Rocket.

Ash se retourne d'un bond. Tous les membres de Team Rocket semblent terrifiés. Un petit Pokémon rose entre dans la pièce en sautillant.

Jigglypuff!

« Ah non! s'exclame James. Je pensais que nous nous étions débarrassés de Jigglypuff lorsque nous avons été parachutés sur l'île.

— Il doit s'être caché à l'intérieur lorsque nous avons reconstruit le dirigeable », suppose Jessie.

Jigglypuff semble heureux d'avoir retrouvé un large public. Il gonfle ses joues roses et ouvre la bouche pour commencer à chanter.

« Non! » s'écrie Team Rocket. La berceuse de Jigglypuff remplit la pièce. Du plus vite qu'ils le peuvent, Jessie, James et Meowth décrochent leurs parachutes du mur. Ils les installent en vitesse, tout en bâillant.

« Vite... l'écoutille... de secours », dit Jessie.

Les paupières de Ash sont de plus en plus lourdes, mais il regarde Jessie, James et Meowth se lancer à l'extérieur du dirigeable. Fâché, Jigglypuff arrête de chanter. Il saute derrière Team Rocket et, encore une fois, atterrit en toute sécurité sur le parachute ouvert de Meowth.

Ash dort, vautré dans son fauteuil. Misty et Pikachu roupillent sur le plancher. Jigglypuff est parti, mais il est trop tard.

Tout le monde est au pays des songes, et personne ne songe à piloter l'appareil!

8

Pas de répit pour Ash!

Quelques heures plus tard, une collision tire Ash de son sommeil.

Ash ouvre les yeux. Le choc a renversé la lourde cage. Ash s'approche de Misty et de Pikachu.

« Le dirigeable doit s'être écrasé pendant que nous dormions, suppose Ash. Vous n'êtes pas blessés? »

Misty ouvre les yeux. Elle tient encore Togepi dans ses bras. « Je pense que non, répond-elle. Rappelle-moi seulement de ne plus jamais prendre un dirigeable!

— *Pika!* » approuve Pikachu. Il saute dans les bras de Ash.

« Au moins ce dirigeable nous a emmenés quelque part, dit Ash.

— Oui, c'est certain, répond Misty. Mais où? »

Ash ouvre l'écoutille de secours. « Je ne connais qu'une façon de le découvrir! »

Ash sort dans la lumière du soleil. De grands arbres s'élèvent tout autour d'eux.

« On dirait bien que nous sommes au milieu de nulle part! grommelle Misty.

— Peut-être, réplique Ash, mais nous ne pouvons pas rester ici. Il y a un sentier là-bas. Allons-y! »

Ash, Misty et Pikachu marchent sur le sentier pendant de longues heures. Ils sont bien près d'abandonner tout espoir, lorsque les arbres se font plus clairsemés.

La lumière du soleil éblouit Ash. Le sentier mène à une petite ville animée située au bord de la plage. Au loin, l'océan étincelle. À mesure qu'ils se rapprochent, Ash voit apparaître des hôtels, des magasins et des restaurants. Des bateaux à voile et à moteur remplissent la baie.

Lorsqu'ils arrivent aux portes de la ville, deux femmes s'approchent d'eux avec des colliers de fleurs tropicales aux couleurs vives.

« Bienvenue à l'île de Tangelo », disent-elles.

Une des femmes accroche des colliers de fleurs au cou de Ash, Misty et Pikachu.

« Où sommes-nous? demande Ash.

— Vous êtes au premier centre de villégiature Pokémon du monde, répond l'une des femmes.

— Vous et vos Pokémon pouvez vous reposer, vous détendre et vous amuser, ajoute l'autre.

— Ça me semble un bon programme, répond Ash.

— À moi aussi! » renchérit Misty.

Pikachu sourit. « *Pika pi!* »

Les amis marchent sur la plage et profitent du beau soleil.

Puis, le sourire de Pikachu disparaît.

« *Pikachu!* » s'écrie Pikachu en pointant quelque chose.

Ash regarde dans cette direction. Un gros Pokémon est étendu sur la plage. Ash le reconnaît. C'est un Lapras, une combinaison de Pokémon d'eau et de glace qui ressemble à une grosse bête bleue avec une carapace sur le dos. Il a quatre robustes nageoires. Mais ce Lapras semble au bout de ses forces. Il reste étendu sur le sable sans bouger.

Trois adolescents l'entourent. L'un d'eux a les cheveux verts hérissés. L'autre porte un foulard sur la tête. Et le troisième porte un blouson de cuir. Ses cheveux sont lissés à la brillantine.

« Allez, relève-toi et remue-toi un peu, gros paresseux! dit le garçon qui porte le bandeau.

— Tu ferais mieux d'écouter, le menace le garçon aux cheveux verts, sinon...! »

Ash serre les dents en voyant le garçon piquer le Lapras avec un bâton. Puis il explose de colère.

« Laissez ce Lapras tranquille! » crie Ash en courant sur la plage vers les garçons.

Misty le suit de près. « Je suis certaine qu'il ne vous a jamais fait de mal! » leur crie-t-elle.

Le garçon aux cheveux verts arrête de piquer le Lapras et se retourne vers Ash. « Nous n'avons pas besoin de petits morveux comme vous pour nous dire comment dresser notre Pokémon.

— Ouais, dit le garçon qui porte un manteau de cuir. Nous nous préparons pour un combat important contre l'équipe Orange, alors faites de l'air! »

Ash et Misty ne lâchent pas prise.

« Je ne peux pas croire que vous êtes des entraîneurs de Pokémon, dit Misty, incrédule.

— Mêle-toi de ce qui te regarde », réplique le garçon qui porte un blouson de cuir. Il tire une Poké Ball de sa poche.

« Va! » s'écrie le garçon en lançant la balle.

La balle s'ouvre, et un Spearow en sort. Le Pokémon de types normal et volant a un bec acéré et de puissantes ailes.

« Beedrill, active-toi! » Le garçon au foulard lance une Poké Ball, et le Pokémon volant et insecte se met à bourdonner dans les airs.

« Nous allons les écraser, prévoit le garçon aux cheveux verts. Hitmonchan, va! » et il lance lui aussi une Poké Ball. Un Pokémon de combat qui porte des gants de boxe rouges apparaît dans un éclat de lumière.

Ces trois Pokémon ne sont pas commodes, mais Ash reste calme.

« Ils ne nous font pas peur, n'est-ce pas Pikachu? » demande Ash.

Pikachu secoue la tête.

Il monte sur la tête de Ash. Ash sait que Pikachu va s'élancer violemment sur les trois Pokémon, puis les frapper d'un terrifiant éclair de foudre.

Le Spearow, le Beedrill et le Hitmonchan attaquent tous ensemble. Ils foncent sur Pikachu à toute vitesse.

Pikachu s'accroupit, puis s'apprête à quitter la tête de Ash d'un bond.

« Ne bougez plus! » intervient une voix.

Les Pokémon s'interrompent abruptement. Ash et les autres se tournent.

C'est la voix d'un garçon qui a environ le même âge que Brock. Il porte une chemise verte et des shorts rouges, et un bandeau rouge retient ses cheveux noirs en bataille.

Le garçon est en train de dessiner quelque chose dans un cahier.

« Une seconde, et j'ai terminé, dit-il en dessinant frénétiquement. Hummm... C'est très intéressant. Les plumes du Spearow indiquent qu'il manque de vitamines. Et les couleurs de ce

Beedrill sont plutôt fades. Il est aussi évident que ce Hitmonchan ne fait pas assez d'exercice. »

Les trois entraîneurs ne savent plus quoi penser.

« Ces Pokémon sont sous-développés, ça fait pitié à voir », continue le garçon. Il se tourne ensuite vers Pikachu. « Mais celui-ci est parfait! Ça se voit à sa fourrure si lustrée.

— Quand tu dis que nos Pokémon sont sous-développés, qu'est-ce que tu veux dire, au juste? » demande le garçon aux cheveux verts. Maintenant, ses amis et lui semblent fâchés.

Mais le garçon qui tient son cahier de dessin fait semblant de ne pas les voir. « Tourne-toi un peu de ce côté, Pikachu. Paaaaarfait! » Il continue à dessiner.

« On ne peut pas laisser ces moins que rien nous ignorer, dit le garçon au foulard.

— Allons, les gars! » dit son ami au blouson de cuir. Il désigne Spearow, Beedrill et Hitmonchan du doigt.

Le garçon au cahier de dessin leur tourne le dos. Le Spearow, le Beedrill et le Hitmonchan s'élancent sur lui. Mais Ash voit tout.

« Pikachu, fais quelque chose! » ordonne Ash.

Pikachu réagit rapidement. Des éclairs d'électricité blancs jaillissent de son corps. Les décharges puissantes ébranlent les trois Pokémon qui voulaient attaquer, de même que leur entraîneur. Étourdis, ils s'effondrent sur le sable.

Pikachu leur fait face, prêt pour une autre attaque électrique.

Mais les trois garçons en ont assez. Ils rappellent leurs Pokémon et partent sans demander leur reste.

« Bon travail, Pikachu! » s'écrie Ash. Il se tourne vers le garçon qui dessine encore. « Qu'est-ce que tu penses de ça? »

Mais le garçon n'a rien vu. Il est accroupi auprès du Lapras. Dans le feu de l'action, Ash a complètement oublié le Pokémon d'eau et de glace.

« Il faut trouver de l'aide, dit le garçon. Je crois que ce Lapras est vraiment mal en point! »

9

Lapras en péril!

« Prends cela, dit le garçon en tendant une fiole de liquide à Ash. C'est un médicament pour le Lapras. Je vais aller chercher Garde Joy. »

Avant que Ash puisse répondre, le garçon est déjà loin.

Ash se retourne vers Misty. « Qu'est-ce que je devrais faire?

— Je pense que tu devrais donner ce médicament au Lapras, répond Misty. Il n'a pas l'air bien du tout. »

Ash ouvre la fiole et la tient devant la bouche du Pokémon. « Bois cela, Lapras, l'incite Ash doucement. Tu vas te sentir mieux après. »

Mais avec sa tête, le Lapras donne un coup sur la fiole. Le médicament vole dans les airs. Pikachu saute et l'attrape.

« Pourquoi ne veut-il pas prendre ce médicament? » se demande Ash.

À ce moment, un camion s'approche sur la plage. Ash et Misty aident Garde Joy et le garçon à installer le Lapras sur la plate-forme du camion. Le Lapras est trop faible pour résister. Puis le camion s'éloigne.

« Je veux m'assurer que ce Lapras s'en remettra, dit Ash. Allons au centre des Pokémon. »

Lorsque Ash, Misty et Pikachu arrivent au centre, le Lapras dort dans une piscine extérieure. Garde Joy le surveille attentivement. Le garçon rencontré sur la plage dessine le Pokémon.

« Comment va le Lapras? demande Ash.

— Ses blessures n'étaient pas si graves, répond Garde Joy. Il ira mieux après un bon repos.

— Enfin des bonnes nouvelles! dit Misty, soulagée.

— Mais il y a un problème, dit Garde Joy. Ce Lapras refuse tout contact avec des humains.

— Ça ne m'étonne pas, fait remarquer Misty. À voir comment le traitaient les jeunes sur la plage...

— C'est triste, dit le jeune dessinateur. Surtout que c'est un tout petit Lapras.

— C'est juste un bébé? demande Ash. Mais il est énorme!

— Les Lapras sont vraiment de très gros Pokémon, dit le garçon. D'importantes colonies de Lapras passent près de cette île à ce moment-ci chaque année. J'imagine que celui-là a été séparé de son groupe. »

Ash est impressionné. « On dirait que tu en sais beaucoup sur les Pokémon, dit-il.

— Eh bien, on en apprend beaucoup en observant les Pokémon. Il tend la main. Je m'appelle Tracey.

— Je m'appelle Ash et je vais devenir un maître Pokémon, dit Ash en serrant la main de Tracey. Mais dis-moi, qu'est-ce que ça mange en hiver, un observateur de Pokémon?

— En fait, nous nous promenons dans le monde entier à la recherche de Pokémon et nous étudions leurs caractéristiques et leurs habilités, dit Tracey. Nous recherchons même des espèces nouvelles de Pokémon.

— Super! s'exclame Ash.

— Oui, super, intervient Misty, qui ne veut pas être en reste. Je m'appelle Misty, et voici Togepi.

— Enchanté de faire ta connaissance, dit Tracey.

— Maintenant que nous nous connaissons tous, qu'est-ce que vous diriez d'essayer de remettre ce Lapras dans l'océan, son milieu naturel? propose Ash.

— Moi, je veux bien! dit Tracey.

— Demandons l'avis de Garde Joy », dit Misty.

Ils entrent tous les trois dans le centre des Pokémon, où Garde Joy est assise derrière le bureau de la réception. Deux petits garçons et une fillette entourent Garde Joy.

« Mon Starmie a besoin d'un examen, dit la petite fille. Je veux lancer un défi à l'équipe Orange. »

« Les types sur la plage ont parlé de l'équipe Orange, eux aussi, dit Ash à Tracey. Sais-tu ce que c'est?

— L'équipe Orange, c'est le nom de l'équipe des chefs de gym ici dans l'archipel Orange, explique

Tracey. Les entraîneurs ne peuvent participer aux combats de la ligue Orange avant d'avoir battu tous les membres de l'équipe Orange.

— Je ne savais pas qu'il y avait une ligue de Pokémon dans l'archipel Orange, dit Ash. Je me suis déjà battu dans ma ligue, chez moi. La ligue Orange serait le défi parfait pour moi! »

Misty lui fait de gros yeux. « Ash, nous ne pouvons pas rester ici. Il faut rapporter la balle GS au professeur Oak. »

Ash l'avait presque oublié. C'est seulement pour venir chercher la balle GS qu'ils ont entrepris ce voyage.

« As-tu dit le professeur Oak? » demande Tracey. Il semble impressionné.

Ash ne s'en rend pas compte. Il se précipite sur le vidéophone le plus près.

« Bonjour, professeur Oak », dit Ash lorsque le visage de son ami apparaît à l'écran.

« Bonjour Ash. Bonjour Misty, répond le professeur Oak. Je suis heureux de voir que vous allez bien.

— Oui, maintenant ça va, dit Ash. Nous sommes sur l'île de Tangelo.

— Bonté divine, s'exclame le professeur. Mais c'est très loin! »

Ash en profite. « C'est pour ça, professeur Oak, que je me demandais si, avant de vous rapporter la balle GS, je pouvais participer à des tournois dans la ligue Orange? » souffle-t-il rapidement.

Le professeur réfléchit un moment. « Hum. J'ai très hâte d'étudier la balle GS, mais participer à des compétitions dans la ligue Orange serait un très bon entraînement pour toi, finit-il par dire. J'imagine qu'il n'y a pas de problème. »

Ash pousse un cri de joie. « Merci, Professeur!

— Oh, tu sais, même si je le voulais, je ne pourrais pas t'empêcher de faire ce que tu veux! » réplique le professeur Oak en riant.

L'écran revient au noir.

« Vous connaissez le professeur Oak! Je n'en reviens pas! dit Tracey. C'est un des plus éminents experts de Pokémon du monde entier.

— Eh bien, je suis un entraîneur de Pokémon passablement important par chez nous », se vante Ash.

Misty toussote.

« Je suis chanceux de rencontrer un ami du professeur Oak, déclare Tracey. On dirait bien que vous vous êtes trouvés un nouveau compagnon de voyage! »

Ash, Misty et Pikachu se regardent, un peu paniqués. Ils ne s'attendaient pas à cela.

« Tu ne peux pas t'inviter comme ça », proteste Ash.

Garde Joy les interrompt. « Le Lapras est réveillé! annonce-t-elle.

— Fantastique! s'exclame Ash. Nous allons tenter de le ramener chez lui. »

Tracey monte dans le camion et l'approche de la piscine pour y installer le Lapras. Ash, Misty et Pikachu sont assis à l'arrière.

« Allons, Lapras, l'encourage Ash d'une voix douce. Ce camion va te ramener à l'océan.

— Ensuite tu pourras retrouver tes amis », ajoute Misty.

Lapras ne bouge toujours pas.

« Je t'en prie, Lapras, le supplie Ash. Nous ne te ferons aucun mal. »

Mais le Lapras leur tourne le dos.

Ash enlève son blouson. « Il faut que je lui prouve qu'il peut me faire confiance », déclare Ash. Et il saute dans la piscine.

Lapras plonge sous l'eau. Ash le suit. Il tente de s'en rapprocher, mais le Pokémon nage plus vite que lui.

Ash remonte à la surface pour respirer. « Oh, Lapras, bougonne Ash. Tu ne comprends pas qu'on veut seulement t'aider? »

Boum!

Le bruit fait sursauter Ash. Un objet rond siffle dans les airs. Il frappe la surface de l'eau, puis explose en produisant des nuages d'épaisse fumée grise.

« Qu'est-ce qui se passe? » s'écrie Tracey.

Une autre explosion ébranle la piscine.

« On nous attaque! » hurle Ash.

10

Sauvons le Lapras!

Jessie, James et Meowth émergent du nuage de fumée.

« Désolés d'interrompre la baignade, commence Jessie.

— Mais nous avons un Pokémon à attraper! » termine James.

Les membres de Team Rocket sautent sur le dos du Lapras. Ils attachent rapidement des cordes autour de son cou.

« *Meowth!* Ce poupon va faire sensation auprès du patron! » ricane Meowth.

Tracey le regarde d'un air étonné. « Wow, un Meowth qui parle comme les humains, dit-il, admiratif. Je n'en reviens pas. » Il sort une enregistreuse de son sac à dos.

Tracey braque un micro devant la face de Meowth. « Est-ce que je peux vous interviewer?

— Eh bien, je dois d'abord demander à mon agent », répond Meowth.

Jessie frappe sur le micro, qui échappe des mains de Tracey. « Tu ne vois pas qu'on est occupés? On a un Pokémon à voler! »

Ash sort de la piscine. « Non, vous ne volerez rien! »

James lance une Poké Ball dans les airs.

« Essaie seulement de nous arrêter, dit-il. Weezing, brouillard empoisonné! »

Dans un éclat de lumière, Weezing apparaît. Sur les ordres de James, le corps du Pokémon émet d'épais nuages de brouillard noir.

La fumée fait tousser Ash et l'étouffe. Lorsqu'elle se dissipe, Ash voit le camion qui s'éloigne — avec Team Rocket et le Lapras à son bord!

« Nous ne réussirons jamais à les rattraper », se désole Ash.

Tracey sort une Poké Ball. « Pas de problème. Mon Venonat peut nous aider. »

Un Pokémon sort de la balle. Rond et poilu, il ressemble à un insecte. Il a deux grands yeux rouges.

« Utilise ton œil radar pour retracer ce camion! » lui ordonne Tracey.

Émerveillé, Ash regarde les yeux de Venonat se mettre à briller d'une lumière rouge. Ses yeux bougent de haut en bas et de gauche à droite. Puis, ils finissent par s'immobiliser.

« Venonat est prêt! explique Tracey. Allons-y. »

Ash prend Pikachu. Misty, Tracey et lui s'approprient trois vélos qui sont appuyés contre le centre des Pokémon. Tracey place Venonat sur ses poignées et prend la tête du peloton.

Ils pédalent le plus vite possible. Bientôt, le camion est en vue. Ash aperçoit le Lapras ligoté à l'arrière du véhicule. Il pleurniche et essaie de se libérer.

« Pauvre Lapras! se désole Ash. Il faut absolument l'aider! »

Ash accélère, laissant Misty et Tracey derrière. Bientôt, Pikachu et lui sont presque devant le camion.

« Tiens-toi bien, Pikachu! » dit Ash.

Il saute de son vélo et atterrit avec Pikachu sur le toit de la cabine. Team Rocket pousse un cri de surprise.

Ash passe la tête par la fenêtre. « Arrêtez ce camion! ordonne-t-il.

— Tu n'es pas ici pour nous donner des ordres, minus! » répond Jessie.

Ash passe la main par la fenêtre et tente d'attraper le volant en poussant Jessie. Le camion file à toute allure. Ash ne sait pas s'il pourra se tenir encore longtemps.

« *Pikachu!* »

Pikachu saute dans la cabine par la fenêtre du côté passager. Des étincelles électriques jaillissent de son corps, puis il laisse échapper une puissante décharge électrique.

Jessie, James et Meowth poussent un cri avant de s'évanouir. Jessie est affalée sur le volant.

« Beau boulot, Pikachu, le félicite Ash. Mais il n'y a plus personne pour conduire le camion maintenant. Il faut sauver Lapras. »

Ash et Pikachu sautent à l'arrière du camion. Ash se rend compte que deux gros boulons retiennent la plate-forme à la cabine du camion. Ash tire les boulons de toutes ses forces. L'arrière du camion se détache juste à temps. La cabine continue sur sa lancée et est projetée en bas d'une haute falaise.

« Je ne savais pas que Team Rocket pouvait tomber si bas! » Ash entend Jessie, James et Meowth crier tandis que la cabine plonge vers l'océan.

Ash est soulagé — mais pas pour longtemps. La plate-forme du camion commence à rouler dans l'autre sens. Elle accélère de plus en plus.

Ash tourne la tête. La plate-forme et son chargement se dirigent vers l'autre bord de la falaise!

Ash cherche désespérément une façon d'immobiliser la plate-forme qui accélère de plus en plus, mais c'est inutile. Il détache rapidement le Lapras, puis il attrape Pikachu et monte sur le dos du gros Pokémon.

« Tout va bien aller, tente de se rassurer Ash. Nous n'avons qu'à rester ensemble. »

Ash sent son estomac se nouer lorsque la plate-forme arrive au bord de la falaise et s'envole.

Quelques secondes plus tard, Misty et Tracey arrivent au bord de la falaise, à bout de souffle. Ils regardent en bas. Ils ne voient rien d'autre que le bleu de l'océan.

« Ash! appelle Misty. Pikachu!

— Ne t'inquiète pas, dit Tracey. Nous allons les retrouver. »

Venonat devant eux, Misty et Tracey descendent vers la plage. Ils marchent de long en large sur la rive.

« Es-tu certain qu'ils sont près d'ici, Venonat? » demande Tracey.

Le Pokémon fait signe que oui.

Puis, une silhouette apparaît à l'horizon. Elle nage vers la plage.

Misty et Tracey regardent dans cette direction.

C'est le Lapras! Ash et Pikachu sont bien installés sur son dos.

Le Lapras nage jusqu'à la grève. Ash et Pikachu descendent de son dos.

« Tu as réussi! dit Misty en serrant Ash dans ses bras.

— Et le Lapras aussi, ajoute Tracey. Félicitations! »

Ash caresse la tête du Lapras. « Tu t'es bien battu, Lapras, dit-il en souriant. Mais je t'ai capturé quand même.

— A-t-il dit capturé? » demande Tracey à Misty.

Misty hausse les épaules. « C'est un rêveur! »

Ash et ses amis décident de se reposer après leurs aventures. Ils se détendent sur la plage. Pikachu et Togepi glissent à tour de rôle sur le long cou de Lapras.

C'est là que Garde Joy les retrouve.

« Merci d'avoir sauvé Lapras, dit-elle. On dirait qu'il a décidé de se joindre à vous dans votre périple.

— Eh oui, répond Ash. Nous allons tous ensemble explorer l'archipel Orange.

— Et je les accompagne, moi aussi! » ajoute Tracey.

Ash soupire. « J'imagine que tu peux venir avec nous. Tu pourrais nous être utile en tant qu'observateur de Pokémon.

— Mes Pokémon sont utiles, eux aussi, réplique Tracey. Vous avez rencontré Venonat; je vous présente maintenant Marill. »

Tracey ouvre une Poké Ball. Un Pokémon qui ressemble à une grosse souris bleue apparaît. Il a de grosses oreilles rondes sur le dessus de la tête.

« Comme il est mignon, s'exclame Misty.

— C'est la première fois que j'entends parler d'un Marill », dit Ash. Il sort Dexter.

« Marill, le Pokémon souris d'eau, commence Dexter, le Pokédex. Avec ses grandes oreilles, il peut entendre des bruits à très grande distance, et le bout caoutchouteux de sa queue peut grossir et se contracter, ce qui lui est utile dans l'eau. »

Tracey rayonne de fierté. « Marill m'a toujours beaucoup aidé, déclare-t-il. Il peut reconnaître le cri d'un Pokémon à une très grande distance. »

Pikachu et Togepi sautillent jusqu'au nouveau Pokémon et lui sourient.

Ash sourit, lui aussi.

« J'imagine que nous sommes prêts à reprendre la route, conclut Ash. J'ai le pressentiment que nous allons vivre nos plus grandes aventures dans l'archipel Orange! »

À propos de l'auteur

Tracey West écrit des livres depuis plus de dix ans. Lorsqu'elle ne joue pas avec la version bleue du jeu Pokémon (elle a commencé avec un Squirtle), elle aime lire des bandes dessinées, regarder des dessins animés et faire de longues balades dans la forêt (à la recherche de Pokémon sauvages). Elle vit dans une petite ville de l'État de New York avec sa famille et ses animaux de compagnie.

Bientôt...

POKÉMON N° 10

Le secret des Pokémon roses

Archipel Orange rime avec étrange! Ash et ses amis découvrent des Pokémon qu'ils n'ont jamais vus comme un Onix en cristal et un Rhyhorn rose. Mais il y a une chose sur laquelle Ash peut compter : Team Rocket va continuer à lui tendre des pièges pour lui voler son Pikachu. Ash peut-il les arrêter avant que Pikachu ne devienne une Pikachouette?

Attrapez-les tous!